Eu ♥ nail art

A nail art, ou arte de unha, é a tendência de decorar as unhas usando técnicas, pincéis específicos e, principalmente, muita cor. É um universo de tons tão imenso quanto a sua imaginação! Para começar, você pode fazer os desenhos com a ajuda de um adulto, mas, aos poucos, poderá fazê--los sozinha, tanto nas suas amigas como em você mesma! Para aplicar corretamente os detalhes nas unhas, o ideal é praticar antes em uma folha de papel em branco. Quando estiver acostumada a mover com facilidade os pincéis, palitos e alfinetes, você estará preparada!

Com este manual bem prático, você conseguirá fazer artes maravilhosas, desenhos para combinar com datas especiais, como o Carnaval, o Dia das Bruxas ou o Natal, ou decorações para se divertir com as amigas, brincando de salão de beleza.

Leia com atenção as páginas seguintes para saber como funciona este livro e aprender quais materiais você vai precisar para ter as unhas mais incríveis do mundo!
Use e abuse da nail art!

Como usar este livro

Nível

Há três níveis de dificuldade: fácil, médio e avançado. A imagem na lateral da página vai indicar o nível de cada desenho. Aprenda aos poucos!

Desenhos

Nome do desenho e dicas de quando e onde usá-lo, assim como as técnicas que você vai aprender. Escolha o que você mais gosta de acordo com a ocasião!

Passo a passo

Explicação detalhada de como fazer cada desenho em três passos bem simples. As imagens que acompanham as explicações são um ótimo guia.

Truques ou dicas

Ideias e truques para fazer a *nail art* de maneira diferente ou mais fácil. Você fará o mesmo, mas usando outras técnicas!

Esmaltes

É como uma paleta de cor profissional. A espiral de esmaltes se divide em duas partes: os da página esquerda e os da página direita. Você usará apenas os esmaltes com o nome da cor indicada.

Resultado

No começo ou no fim da página, você vai encontrar o desenho finalizado. Descubra quão incríveis eles vão ficar em suas unhas!

Materiais

- **Esmaltes coloridos**: brilhantes, foscos, craquelados (esmaltes com efeito de rachadura), de uma cor só, misturados... Antes de começar a decorar as unhas, leia o passo a passo e separe tudo o que vai precisar. Preste atenção na espiral de cores! Você pode conseguir um resultado espetacular misturando cores. Serão seus tons originais!

Como fazer seu próprio esmalte com glitter

Materiais
- Meio frasco de esmalte incolor
- Purpurina ou glitter (escolha as cores)
- Esmalte (da cor que preferir)
- Uma folha de papel

Mãos à obra! Coloque algumas gotas do esmalte escolhido dentro do frasco de esmalte incolor e agite bem. Coloque a purpurina ou o glitter na folha de papel e dobre-a para colocar o conteúdo, bem devagar, dentro do frasco de esmalte. Agite-o novamente. Pronto! Você está preparada para brilhar!

- **Pincéis**: além do pincel que vem com o esmalte, existem muitos outros que podem ser usados para a *nail art*, e cada um servirá para fazer um tipo de traço. Há pincéis de pelo e também os que têm uma ponta metálica, conhecidos como boleadores, exclusivos para fazer pontinhos ou bolinhas de diferentes tamanhos. Conheça alguns tipos de pincéis. Com certeza, será muito útil para você!

Pincel boleador

Pincel leque (vassourinha)
Serve para misturar as cores e o glitter, pois ajuda a espalhar o esmalte.

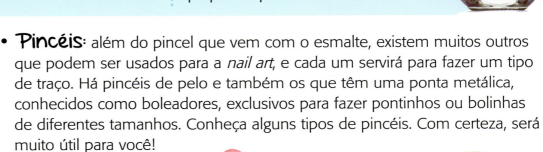

Pincéis de ponta chata
Usados para fazer detalhes como estrelas e elementos retos em geral. O pincel grande ou médio (dependendo do tamanho da unha) é indicado para fazer a decoração francesinha, um modelo clássico que combina a cor natural da unha ou um esmalte claro com as pontas brancas.

Grande | Médio | Pequeno

Pincéis de ponta fina e de ponta grossa

Os pincéis de ponta fina são usados para fazer detalhes precisos (por exemplo, formas geométricas). O pequeno serve para desenhar pontos e bolinhas, e o longo é muito útil para traçar linhas retas e curvas. Os pincéis de ponta grossa são ótimos para preencher as formas.

Pincéis chanfrados

Utilizados para fazer elementos que exigem precisão e detalhes menores. Você os usará com mais frequência no nível avançado.

- **Fita adesiva para unhas**: são tiras com cola no verso que servem para complementar os desenhos. Há de todas as cores e, com elas, pode-se fazer listras ou linhas retas. Você também pode usar fitas adesivas para artesanato em geral, pintá-las com esmalte e fazer formas variadas e moldes com tesoura. Crie os seus próprios adesivos!

- **Tesouras decorativas**: podem ser encontradas em lojas de artesanatos e, com elas, pode-se conseguir efeitos incríveis: zigue-zague, ondulações...

- **Adesivos para unhas**: são vendidos em perfumarias e lojas de cosméticos, e há uma variedade incrível, inclusive adesivos em 3-D. Alguns são também joias ou pedrinhas brilhantes, conhecidas como strass. Com eles, você terá desenhos exclusivos e será muito mais fácil enfeitar as unhas, pois não terá que desenhar!

- **Extra brilho**: esmalte transparente brilhante que serve para proteger o seu desenho depois de seco, para que ele dure mais tempo. Há alguns também que aceleram a secagem!

- **Removedor de esmalte e cotonete**: ao terminar o desenho, poderá haver borrões nos cantos da unha. Mas não se preocupe: basta molhar a ponta do cotonete no removedor e passá-lo com cuidado. Você também pode usar um palito com algodão enrolado na ponta.

Nível **Fácil**

Desenho 1 — Abelhinha

Este desenho de abelha é ideal para aprender a fazer listras nas suas unhas. Vamos praticar!

1. Pinte toda a unha de preto e espere secar. Com essa cor, geralmente não é necessário passar mais de uma camada, pois é uma tonalidade que cobre muito bem.

2. Utilize o pincel médio de ponta chata para fazer listras amarelas paralelas, como mostrado na imagem.

preto

amarelo

esmaltes

Substitua o esmalte amarelo por fitas adesivas!

3. Outra forma de desenhar as listras é fazê-las ao contrário: primeiro, pinte toda a unha com a cor amarela. Depois de seca, recorte e cole duas tiras de fita adesiva e pinte toda a unha de preto. Espere secar e retire as tiras. Pronto! Listras perfeitas!

Desenho 2 — Carnaval

Um desenho para combinar com a sua fantasia de Carnaval ou de qualquer outra festa. Parece que você tem confetes nas unhas!

esmaltes: vermelho, azul, verde, amarelo, cor-de-rosa

1. Aplique duas camadas de esmalte vermelho e deixe secar para, em seguida, poder fazer os detalhes. Com um esmalte cintilante, o resultado ficará bem melhor!

2. Comece pela cor mais escura, o azul. Faça pontinhos de diferentes tamanhos pela unha, usando um pincel pequeno de ponta fina. Aplique uma quantidade pequena de esmalte para secar mais rápido.

3. Continue fazendo pontinhos com as demais cores. Para fazê-los de diferentes tamanhos, basta pressionar um pouco mais ou um pouco menos o pincel.

Nível Fácil

Desenho 3

Manchinhas de girafa

Não há quem não goste de animais, não é mesmo?! Que tal experimentar uma estampa de girafa?

Pinte toda a unha de amarelo. Aplique duas camadas para a cor ficar mais forte e deixe secar.

Usando o pincel pequeno de ponta grossa e o esmalte marrom, faça algumas manchinhas para criar o efeito do pelo da girafa.

esmaltes

amarelo-gema

marrom

Desenhe uma mancha diferente da outra. Assim, o resultado ficará melhor!

8

Desenho 4 — Verão refrescante

Um desenho para lá de refrescante e deliciosamente divertido. Aprenda a fazê-lo!

esmaltes: cor-de-rosa, verde, branco, preto

1. Aplique duas camadas do esmalte cor-de-rosa e espere secar. Com um pincel médio de ponta chata, desenhe uma tira com a cor verde na ponta da unha.

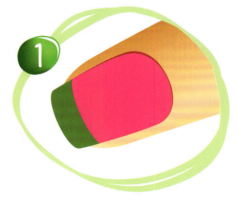

2. Lave o pincel que acabou de usar. Depois, acrescente uma listra com o esmalte branco entre a cor rosa da base e a linha verde, conforme exemplo ao lado. Espere secar.

3. Para fazer as sementes, cole a lateral de um curativo (daqueles cheios de furinhos) sobre a unha e pinte por cima com o esmalte preto. Assim que secar, retire o curativo. Se preferir, você também pode usar um palito ou boleador.

Uma decoração perfeita para tomar sorvete com as amigas!

Desenho 6 — Focinho divertido

Desenhe o focinho dos três porquinhos em três passos bem simples. É um desenho de contos de fadas!

1. Pinte toda a unha de cor-de-rosa. Se necessário, espere secar e passe uma segunda camada.

2. Faça duas tiras com o esmalte rosa-claro ao longo da unha usando um pincel médio de ponta chata. Se preferir, cubra com fita adesiva a parte que não deve ser pintada. Assim, você terá listras perfeitas!

3. Encaixe a ponta de um alfinete na borracha de um lápis para fazer bolinhas com perfeição!

Para finalizar, faça o focinho com duas gotas de esmalte rosa-claro na ponta da unha.

Nível Fácil

Desenho 7

Abóbora assustadora

Use este desenho para as festas de Dia das Bruxas! É fácil e vai surpreender todos!

1

Aplique duas camadas de esmalte laranja e espere secar. Se preferir, passe o extra brilho com efeito secante.

Faça uma tira com o esmalte preto na ponta da unha para desenhar a boca da abóbora.

2

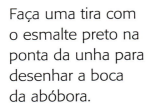

Para fazer a tira, utilize um pincel grande de ponta chata.

esmaltes — laranja, preto, extra brilho

3

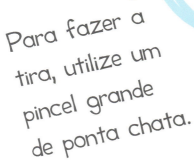

Com um pincel chanfrado (e muita firmeza na mão), desenhe três formas triangulares com o esmalte preto, para fazer os olhos e o nariz. Finalize aplicando o extra brilho para proteger o desenho.

Desenho 8

Joaninha divertida

Esta técnica é perfeita para fazer o inseto mais fofo da floresta!

Passe duas camadas de esmalte vermelho e espere secar. Depois, com um pincel médio de ponta chata, faça uma tira preta na ponta da unha.

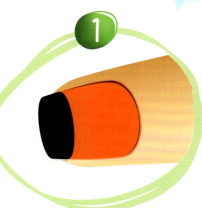

Para fazer as bolinhas pretas, use um pincel boleador ou a cabeça de um alfinete grande. Quando terminar, limpe o pincel ou o alfinete com o removedor de esmalte para poder reutilizá-lo.

esmaltes — vermelho, preto, branco

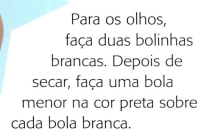

Para os olhos, faça duas bolinhas brancas. Depois de secar, faça uma bola menor na cor preta sobre cada bola branca.

Nível **Fácil**

Desenho 9 — Presente surpresa

Um desenho perfeito para o dia do seu aniversário. Surpreenda seus convidados!

1.

Pinte a unha de dourado e deixe secar. Para que a cor fique uniforme, aplique o esmalte com muito cuidado e com pinceladas bem largas.

2.

Recorte algumas fitas adesivas para fazer os laços do presente e cole-as, uma a uma, para proteger a cor, como mostrado na imagem.

esmaltes — dourado, verde

3.

Agora, aplique duas camadas do esmalte verde em toda a unha. Depois de seco, retire as fitas. O laço ficou perfeito!

Passe um esmalte com glitter para ver seu desenho brilhar!

Desenho 10 — Fada mágica

No universo das fadas, há muitas cores e frutas deliciosas, assim como estas unhas!

Recorte, no formato de zigue-zague, uma fita adesiva e cole-a como indicado na imagem. Depois, pinte toda a unha com o esmalte cor-de-rosa e deixe secar.

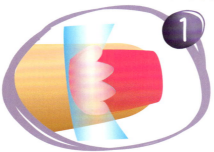

esmaltes: cor-de-rosa, verde

Retire a fita. Usando um pincel pequeno de ponta fina, cubra com esmalte verde a parte que estava coberta. Se preferir, pode cobrir com fita adesiva a parte contrária (cor-de-rosa) e pintar com esmalte verde a parte menor.

Por fim, faça bolinhas com o esmalte verde usando o pincel boleador. Você também pode usar o truque do curativo para fazê-las (ver página 9).

nível **Médio**

Desenho 13

Gorro natalino

Se no Natal você decora a árvore, por que não fazer o mesmo com as suas unhas? Surpreenda com este incrível gorro de Natal!

1. Cole nas laterais da unha dois pedaços de fita adesiva, como indicado ao lado. Depois, aplique duas camadas de esmalte vermelho e espere secar.

2. Com o esmalte seco, retire as fitas. Em seguida, usando uma tesoura decorativa de corte ondulado, recorte uma tira de fita adesiva branca e cole-a na ponta da unha.

Com as tesouras decorativas, você pode fazer muitas formas diferentes!

esmaltes: vermelho, branco, extra brilho

3. Para fazer o pompom, use um pincel longo de ponta grossa e faça uma bolinha branca na ponta do gorro. A seguir, aplique uma camada de extra brilho para finalizar!

nível **Médio**

Desenho **15**

Caveira

Um desenho arrepiante e divertido para o Dia das Bruxas!

Aplique uma camada de esmalte roxo e espere secar completamente. Você pode mover as mãos ou assoprar as unhas para secar mais rápido.

1

Pinte com o esmalte verde um pedaço de fita adesiva e, quando secar, corte no formato de dentes, como indicado na imagem. Depois, cole na ponta da unha.

2

esmaltes
- roxo
- verde
- preto

3

Faça o nariz com o pincel pequeno de ponta chata e o esmalte preto. Para os olhos, utilize o pincel pequeno de ponta fina. Passe-o suavemente e vá alargando as laterais.

20

Desenho 16 — Pinguim

Se você gosta desses animais fofos, então este desenho vai encantar você! Tenha o Polo Sul em suas mãos!

1. Aplique duas camadas de esmalte branco em toda a unha e espere secar. Recorte um pedaço de fita adesiva de forma triangular mais arredondada para fazer a barriga do pinguim e cole-a na unha.

2. Com o esmalte preto, pinte a parte que não foi coberta. Espere secar um pouco, retire a fita e espere secar completamente.

3. Para os olhos, use o boleador e aplique duas gotas de esmalte branco. Dentro delas, aplique duas gotas menores do esmalte preto. Por último, desenhe o bico com o esmalte laranja.

Use um palito de unha ou até mesmo de dente para fazer detalhes como a boca e os olhinhos, se preferir!

nível **AVANÇADO**

Desenho 19 — Frankenstein

Que tal levar o temível Frankenstein em suas unhas? Com este desenho divertido, suas amigas vão tremer de medo...

1

Passe duas camadas de esmalte verde e espere secar completamente.

2

Recorte um pedaço de fita adesiva preta com uma tesoura de corte em zigue-zague e cole na unha, como indicado.

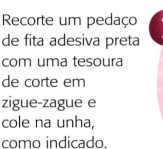

esmaltes: verde, preto, branco

3

Com um boleador médio e um pequeno, faça os olhos com o esmalte branco, e a pupila com o esmalte preto. Por último, desenhe a cicatriz.

Usando um pincel longo de ponta fina, o desenho da cicatriz ficará perfeito!

24

nível **AVANÇADO**

Desenho **21** # Vaquinha

Muuuuu! Quer saber como se faz o desenho de uma linda vaquinha? Leia o passo a passo!

1 Passe duas camadas de esmalte branco e espere secar. Se o esmalte estiver bem consistente, uma camada será suficiente.

2 Com um pincel grande de ponta chata, desenhe três manchas pretas, da cutícula até quase o meio da unha. Depois, faça uma linha ondulada na ponta da unha, usando o esmalte rosa-claro, e preencha-a por completo.

Há kits de boleadores de variados tamanhos. Escolha o seu!

3

Com um boleador de tamanho médio e um esmalte preto, faça a base dos olhinhos. Faça também duas bolinhas com o esmalte rosa-escuro para finalizar o focinho. Por último, pinte a pupila de branco com um boleador pequeno.

26

Desenho 22 — Árvore de Natal

Um desenho mágico e encantador. Prepare-se para brilhar nas festas de Natal!

1. Cole em cada canto superior da unha um pedaço de fita adesiva. Em seguida, passe duas camadas de esmalte verde. Depois de seco, retire a fita.

2. Cubra a parte pintada com um extra brilho. Antes que o esmalte seque, coloque o dedo dentro de um pote de glitter colorido. Passe o pincel leque para espalhar o glitter por toda a unha e deixe secar. Se preferir, você também pode fazer as bolas da árvore usando esmaltes coloridos!

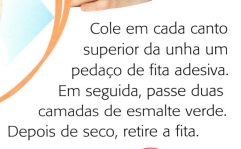

3. Pinte um pedaço de fita adesiva com esmalte dourado e recorte-a usando um furador com formato de estrela. Cole-a sobre a árvore.

Misture glitter de várias cores!

Cupcakes

nível AVANÇADO

Desenho 23

Doce e original, é um desenho que todas vão querer levar nas mãos. Aprenda e, depois, ensine as suas amigas.

1. Pinte a ponta da unha de cor-de-rosa com um pincel grande de ponta chata. Depois de seco, trace linhas marrons com um pincel longo de ponta fina na vertical.

2. Usando o pincel longo de ponta fina e o esmalte branco, faça o contorno do cupcake (semelhante a uma nuvem). Depois, preencha a região com um pincel pequeno de ponta grossa.

3. Para fazer as bolinhas coloridas com várias espessuras, você pode usar palitos, alfinetes e até grampos de cabelo. Finalize o doce com a cereja: uma gota média de esmalte vermelho.

cor-de-rosa · marrom · branco · azul · amarelo · vermelho

28

Desenho 24 — Papai Noel

Dez imagens do Papai Noel em suas mãos... Quantos presentes ele vai trazer para você? Aprenda a desenhá-lo!

1 Passe duas camadas de rosa-claro e espere secar. A seguir, cole uma tira de fita adesiva no centro da unha e pinte por cima com o esmalte vermelho. Depois de seco, retire a fita.

2 Recorte a forma do cabelo e da barba em uma fita adesiva branca e cole-a sobre a unha. Mas, antes, lembre-se de recortar a região dos olhos.

Antes de pintar a unha, faça um molde da barba e do cabelo do Papai Noel em um papel para ver o tamanho!

3 Para fazer os olhos, utilize qualquer ferramenta para bolinhas que você já conhece (palitos, alfinetes, boleadores...) e os esmaltes preto e branco. Com um pincel longo de ponta fina, trace uma linha curva com o esmalte preto para fazer a boca.

29

nível AVANÇADO

Desenho 25 — Borboleta

Aprenda a técnica do *dégradé* com este belo desenho de borboleta. Ninguém irá resistir ao seu brilho!

1. Umedeça uma esponja na água e aperte-a para escorrer. Pinte duas faixas verticais com os esmaltes amarelo e cor-de-rosa sobre a esponja. Dê pequenos toques na unha até cobri-la completamente e espere secar.

2. Com o pincel médio de ponta chata, pinte de roxo uma linha grossa na ponta da unha e outra mais fina e curva no meio, como mostrado na imagem. Em seguida, junte-as com linhas verticais usando um pincel chanfrado.

3. Por fim, passe uma camada de extra brilho e, antes que seque, coloque o dedo em um pote de glitter azul.

esmaltes: amarelo, cor-de-rosa, roxo, extra brilho

30

Desenho 26 — Princesa do gelo

No reino gelado, este desenho não pode faltar! Prepare-se para arrasar!

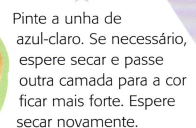

1. Pinte a unha de azul-claro. Se necessário, espere secar e passe outra camada para a cor ficar mais forte. Espere secar novamente.

2. Para os flocos de neve, use um boleador pequeno ou uma cabeça de alfinete e faça seis pontos com esmalte branco, formando um círculo. Depois, trace linhas para unir os pontos usando um pincel longo de ponta fina. Faça quatro flocos de neve de tamanhos diferentes.

Use um palito para aplicar as pedrinhas!

3. Complete o desenho com joias para unhas, adesivas ou que se fixam com uma cola específica. Depois, aplique o extra brilho para proteger o desenho.

esmaltes: azul-claro, branco, extra brilho

Índice

Nível fácil

Desenho 1 Abelhinha, 6

Desenho 2 Carnaval, 7

Desenho 3 Manchinhas de girafa, 8

Desenho 4 Verão refrescante, 9

Desenho 5 Pintinho amarelinho, 10

Desenho 6 Focinho divertido, 11

Desenho 7 Abóbora assustadora, 12

Desenho 8 Joaninha divertida, 13

Desenho 9 Presente surpresa, 14

Desenho 10 Fada mágica, 15

Nível médio

Desenho 11 Múmia, 16

Desenho 12 Branca de Neve, 17

Desenho 13 Gorro natalino, 18

Desenho 14 Smoking, 19

Desenho 15 Caveira, 20

Desenho 16 Pinguim, 21

Desenho 17 Boneco de neve, 22

Desenho 18 João e Maria, 23

Nível avançado

Desenho 19 Frankenstein, 24

Desenho 20 Floco de neve, 25

Desenho 21 Vaquinha, 26

Desenho 22 Árvore de Natal, 27

Desenho 23 Cupcakes, 28

Desenho 24 Papai Noel, 29

Desenho 25 Borboleta, 30

Desenho 26 Princesa do gelo, 31

© 2015 Editorial LIBSA, S.A.
Texto original: Lucía Sanz/Equipe editorial LIBSA
Projeto gráfico: Equipe editorial LIBSA
Imagens: Arquivo LIBSA, Shutterstock e 123RF

© 2018 desta edição:
Ciranda Cultural Editora e Distribuidora Ltda.
Tradução: Paloma Blanca Alves Barbieri
Preparação de texto: Nathalie Fernandes Peres

1ª Edição
www.cirandacultural.com.br
Todos os direitos reservados. Nenhuma parte desta publicação pode ser reproduzida, arquivada em sistema de busca ou transmitida por qualquer meio, seja ele eletrônico, fotocópia, gravação ou outros, sem prévia autorização do detentor dos direitos, e não pode circular encadernada ou encapada de maneira distinta àquela em que foi publicada, ou sem que as mesmas condições sejam impostas aos compradores subsequentes.